[illegible handwritten inscription]

ROBERT CAZE

LES

POÈMES DE LA CHAIR

PARIS

LIBRAIRIE ANDRÉ SAGNIER

9, rue Vivienne, 9

1873

Tous droits réservés

POÈMES DE LA CHAIR

ROBERT CAZE

LES

POÈMES DE LA CHAIR

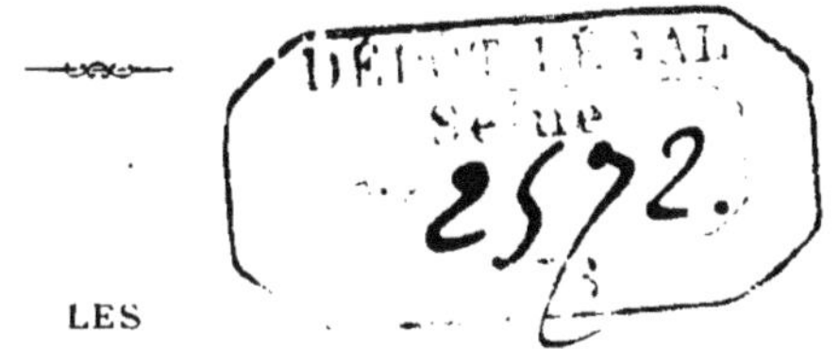

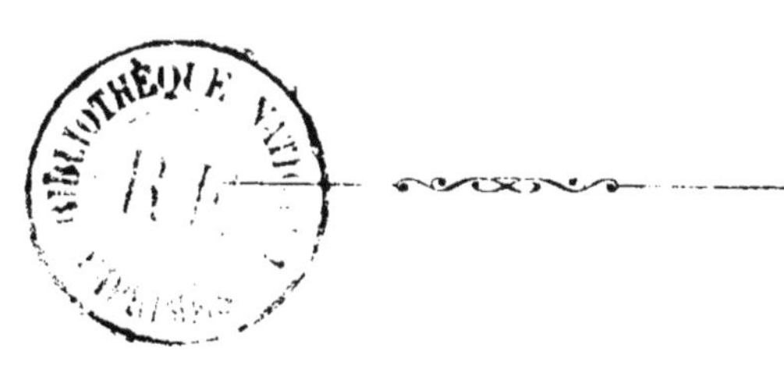

PARIS

LIBRAIRIE ANDRÉ SAGNIER

9, rue Vivienne, 9

1873

PRÉFACE

J'ai vingt ans: c'est l'âge où l'on aime,
Où l'on n'est pas encor méchant ;
Voilà pourquoi j'ai fait ce chant.
Tout plein d'échos de la Bohème.

Il est bien humble. mon poème!
Avec ma tendresse d'amant.
J'ai voulu sur un front charmant
Poser un léger diadème.

Enfin. j'ai pris d'autres couleurs
Pour peindre les grandes colères,
Les combats, les saintes douleurs

Et les désespoirs populaires.
Ayant mis toute ma fierté
Aux gages de la Liberté!

LE

POÈME DE LA CHAIR

I

Je dédie un chant
Léger et touchant,
    Maitresse.
A tes deux seins ronds,
A tes cheveux blonds
    En tresse.

Je veux mettre en vers
Ma tendresse envers
    Ta grâce.
Je veux, vrai païen,
Qu'un rhythme ancien
    T'enlace.

Je suis échanson
Et sers la chanson
    Qui grise.
Puisse dans ton cœur
Bouillir sa liqueur
    Exquise!

Or, j'ai fait ceci
Pour qu'un doux « Merci »
       M'honore.
Foin d'un chant très-long,
Vite un violon
       Sonore !

II

SONNET

Les Amours, te voyant si suave, ont été
Se blottir paresseux dans les plis de ta mante,
Et baiser tes cheveux parfumés de la menthe
Qui pousse dans les bois, au retour de l'été.

Au soir, quand tu dormais sans doute, ils ont guetté
Le moment où la nuit te rendait plus charmante;
Lascifs, ils sont venus; et tu devins l'amante
Qui mêle à ses transports un rayon de gaité.

Lorsque ton sein bondit sous le baiser des lèvres,
Ton corps, neigeux contour, oppressé par les fièvres
Exquises du Désir, se pâme tout tremblant.

Tu laisses échapper dans ta nerveuse extase
Des mots entrecoupés et des lambeaux de phrase;
Et de profonds soupirs sortent de ton cou blanc.

Fille que le Caprice et que la Fantaisie
Ont gaîment mise au jour par un matin d'été,
Fille de la légère et douce Poésie,
Viens dire dans les bois tes chants pleins de gaité.

Viens barbouiller ta lèvre avec la rouge mûre
Qui, mêlée aux chardons, croît au bord du sentier.
Viens écouter tous deux le frelon qui murmure,
Ou le merle qui jase auprès d'un églantier.

Partons. Sur le chemin, où la poussière grise
Se soulève en flocons sous le pied du troupeau,
Il est au cabaret un petit vin qui grise,
Un petit vin piquant que nous boirons sans eau.

Dans ce bon cabaret, honnète et simple bouge,
Il est un vaste lit. où l'Amour bien des fois
A posé sur les fronts charmants un peu de rouge.
De ce rouge qui rend plus heureux que les rois.

Viens boire au cabaret le petit vin qui grise,
Viens rouler ton beau corps sur l'herbe et sur les fleurs,
Viens dormir dans le lit que l'Amour favorise,
Car Paris est morose en ce temps de chaleurs.

Petite, l'Avril nait et la fleur est éclose;
Dans le pré, l'herbe pousse; et l'amour, dans le cœur.
Il faut partir bien loin de Paris: car c'est chose
Charmante que d'aller respirer le bonheur
Et le parfum des champs et l'air de la campagne.
Lorsque l'on a vingt ans et qu'on s'aime tous deux,
Allons réaliser nos châteaux en Espagne;
Jetons à l'air, jetons tes refrains amoureux
Et ma chanson d'artiste; à l'ombre d'un grand chêne,
Embrassons-nous. Et puis, très-gais, nous choisirons
Un donjon où l'amour rivera notre chaine.
Lorsque viendra le soir, quand les lutins en ronds
Dansent au clair de lune une valse macabre,
Craintifs nous resterons dans notre vieux manoir,
Posant sur mes genoux ta taille qui se cabre,
Je te réciterai quelque conte bien noir.
Alors, tu frémiras, tu cacheras ta tête
Dans tes mains en disant : « Oh! que cela fait peur »
Enfin, je poserai sur ta lèvre muette
Et trembl nte, un baiser pour calmer ta frayeur.

V

Voici que le Matin rit sur les coteaux verts ;
Le souffle du printemps agite la prairie ;
Et pourtant tes beaux yeux, ô Maîtresse chérie,
        Ne se sont pas encore ouverts.

Tu dors, lasse et câline, au fond du lit. Tu croises
Tes mains, frêles joyaux, sur tes seins blancs et ronds ;
Tu murmures parfois ton rêve en mots profonds
Et ta lèvre entr'ouverte a l'éclat des framboises ;

Tes cheveux dénoués tombent sur l'oreiller.
Ta respiration, légère et parfumée,
Me grise comme un vin vieux. O ma bien-aimée,
        Ne cesse pas de sommeiller !

Continue à rêver d'aventures étranges,
D'éclatantes couleurs et de sonorité ;
Sans doute, tu te vois faisant la charité,
Car, plus sainte que moi, tu crois encore aux anges.

Peut-être bien aussi que les songes menteurs
Te montrent un pays dont tu serais la reine
Et mettent à tes pieds une cour souveraine
      De poètes et de chanteurs.

Mais non ; j'entends bruire en ta lèvre mi-close
Des termes d'amour lente et de charmant émoi.
Ton rêve m'appartient, ta pensée est à moi
Ainsi que ton corps blanc et que ta bouche rose.

Voici que le Matin rit sur les coteaux verts :
Le souffle du printemps agite la prairie.
Et pourtant tes beaux yeux, ô maîtresse chérie,
      Ne se sont pas encore ouverts.

VI

Je me rappellerai la petite rivière
Qui nous voit chaque jour rêver près de ses eaux :
Elle rampe furtive au sein de la bruyère,
Laissant apercevoir le front de ses roseaux.

Comme une vierge met sur ses blanches épaules,
Pour cacher ses seins nus, un long manteau flottant,
La petite rivière est couverte de saules
Et de nénufars verts qui frissonnent au vent.

Dans le fond, au milieu des grandes herbes jaunes,
Joyeuse, elle murmure une bonne chanson,
Qui fait croire un instant à la Nymphe des Aulnes
Et qui rend envieux le merle et le pinson.

Pendant les soirs d'été, quand se lève la lune,
Le chevreuil y vient boire et les Ondines, sœurs
Des flots, font miroiter leur chevelure brune
Dans le parfum de l'air tout rempli de douceurs.

Mais c'est au grand soleil que ta forme adorée,
O femme, se joùra dans les tranquilles eaux,
Et là, tu mèleras ta crinière dorée
    Aux vertes feuilles de roseaux.

Tu sentiras le rut de la grande Nature
Tout fécondant bouillir au fond de l'onde; alors
Tu comprendras peut-être, ò froide créature,
Que pour l'homme il existe aussi certains accords.

VIII

Par les jours d'hiver, quand la neige tombe,
Formant sur le sol un épais tapis,
Dans le lit, dormant, comme morts en tombe,
La Charmante et moi nous restons tapis.

Quand il fait si froid, on garde la chambre,
L'on est paresseux, morose, indolent :
Et voilà pourquoi nous laissons Décembre
Secouer dehors son frimas tout blanc.

Enfin je m'éveille. Elle me regarde,
Riant de rester tout le jour au lit.
J'embrasse son front pur que rien ne farde
Et sa bouche rose où l'Amour se lit.

Puis, vient un instant où la faim nous presse,
Où notre estomac à boire est ouvert :
Il faut à tout prix rompre sa paresse,
Nous dressons alors tous deux le couvert.

Nous nous croyons rois de toute la terre.
Nous buvons un vin que seul je connais :
A chaque moment nous vidons le verre
Et nous nous grisons comme un Polonais.

Nous nous recouchons : car la neige tombe,
Formant sur le sol un épais tapis.
Dans le lit, dormant, comme morts en tombe,
La Charmante et moi. nous restons tapis.

IX

Lorsque je serai mort, ô petite, je veux
Sur un doux oreiller reposer mon front pâle.
C'est pourquoi, quand viendra l'heure sombre du râle,
Promets-moi de couper sans regret tes cheveux
Et de les sacrifier avec un orgueil mâle
Pour en faire un coussin à mon crâne amoureux.

Le parfum pénétrant qui court entre ces tresses
Me rendra le cœur gai pendant les longs hivers.
Et puisque je t'ai dit, à des moments divers,
Quels longs abattements, quelles mornes détresses
Affligent les grands morts, nourriture des vers,
Fais ainsi que je veux, maîtresse des maîtresses!

SENSATIONS

HOMÉLIE

à E. Favin

MYSTICA

Je veux m'anéantir dans le calme : je veux,
Éprise d'amour saint et de rêves mystiques,
Que le ciseau d'acier coupe mes longs cheveux,
Car j'ai la grande foi des prêtresses antiques.

Je mettrai mon front blanc sur un crâne jauni :
Et, m'étant abimée en la prière lente,
Je noirai ma langueur au lac de l'infini :
     Reçois, Seigneur, la postulante.

2

Je vais abandonner le vêtement impur
Qui fut mon attribut dans le Monde, et la robe
Sous laquelle frémit des vierges le sein dur,
Quand l'idéal du Christ à leur cœur se dérobe.

Les fauves diamants qui paraient mon cou nu,
Dans les fêtes du soir, où plus d'une se donne
Pour trouver la saveur fade de l'inconnu.
      Je les dédie à la Madone !

J'enfermerai mon corps dans un cilice étroit
Pour mériter le fruit de mes amours divines :
Car le chemin du ciel n'est pas facile et droit :
Jésus a dit qu'il est plein de ronce et d'épines.

Dieu, qui voit nos douleurs terrestres dans le ciel.
Veut que la créature humaine s'humilie
Et fasse déborder de son âme le fiel,
      Comme en une cuve la lie.

Je mêlerai ma voix, dans le cloître profond,
A l'orgue qu'on entend pleurer sous les portiques,
Aux voix douces des sœurs de Jésus-Christ, qui font
Monter jusqu'au Seigneur des hymnes prophétiques.

Et, si la séve en moi veut étouffer les sens
Et vient me rappeler que je suis fille d'Ève,
Je me purifierai dans des vapeurs d'encens :
      J'étoufferai toute la séve !

II

DOLOROSA

O Dieu! je t'ai donné mes richesses, mon âme,
Et mon corps tout de grâce et de virginité.
J'ai quitté les douceurs de l'existence infâme
Du Monde: j'ai laissé là mes devoirs de femme
Pour m'attacher à toi, Très-Sainte Trinité.

Et voici cependant que je pousse une plainte,
Pleine de longs sanglots et de regrets amers.
J'ai de nouveau recours à ta puissance sainte,
Car mon être déborde en cette étroite enceinte:
Je sens mugir mon cœur comme le flot des mers.

Oh! donne-moi l'extase et la passion forte
Que l'on promet à ceux qui veulent te servir:
Donne-moi l'infini. J'aime mieux être morte
Et me mêler aux chœurs charmants de ton escorte
Qu'entretenir l'amour qu'on ne peut assouvir.

Christ, viens à mes côtés; je sentirai l'haleine
Et le souffle divin sur mes lèvres de feu.
Je baiserai ton corps divin. Je serai pleine
De tendresse; ainsi fit jadis la Madeleine,
Courtisane vouée au service de Dieu.

.   .   .   .

Ce crucifix est froid comme un marbre de tombe,
Et Dieu ne peut calmer l'angoisse de ma chair!
O Dieu! je te maudis; mon illusion tombe
Et mon âme, blancheur céleste de colombe,
S'évanouit ainsi qu'une fumée en l'air.

LE PENDU

à E. Farin

Un soir que j'avais bu du vin par trop amer.
Je rêvai que j'étais sur le bord de la mer.
Pendu sinistrement tout en haut d'une roche.

Et, bien loin de gémir sur ma position,
Je m'estimais loyal, sans peur et sans reproche,
Ma conscience étant pure d'affliction.

Accroché par un fil de soie à la potence
D'ébène, j'éprouvais les plaisirs radieux,
Les longues voluptés. l'orgueil des anciens dieux.
Et j'étais tout rempli de mon omnipotence.

Le flot venait briser à mes pieds sa puissance.
Tout à coup, sillonnant. comme un éclair. les cieux.
Deux blancs oiseaux de mer me fouillèrent les yeux,
Et je sentis en moi sourdre la jouissance.

A L'UNE D'ELLES

Je suis belle, ô mortels, comme un rêve de pierre.

(CH. BAUDELAIRE.)

Lorsque tu vins à nous, ô folle créature,
Avec ton air placide et ta sénérité ;
Je désirais sonder le fond de la Nature,
Et trouver quelle était la Loi d'Éternité.

Pour égayer son cœur que le **spleen** atrophie,
Un ami désœuvré nous conduisit chez toi ;
Je m'y pris à rêver sur la philosophie,
Un autre étudiait de la Forme la Loi.

Car tu nous apparus splendide et vraiment belle,
Drapée en un peplum ondoyant de velours,
Sous lequel nous pouvions voir palpiter, rebelle,
Ton sein, qui soulevait cette étoffe aux pans lourds.

Et tes longs cheveux roux flottaient sur tes épaules,
Luisant comme un soleil sur le noir du manteau,
Or un frémissement nous saisit, tels les saules,
Quand le vent vient troubler la profondeur de l'eau.

Pour fouler, aisément et sans frisson, les dalles
Recouvertes d'un souple et moelleux tapis,
Tes petits pieds étaient revêtus de sandales :
Pourtant, sur un sofa, nous restions accroupis.

Tu voulus éveiller la matière brutale
Et réchauffer nos sens par l'éclat de ta chair ;
Puis quand nous aurions soif de toi, comme Tantale
Avait soif d'eau, te vendre à l'un de nous très-cher.

Tu te servis alors d'une embûche connue.
Tu t'avanças vers nous muette et lentement.
Tu fis briller les tons fauves de ta peau nue
Et tu jetas au loin ton sombre vêtement.

Amants de la beauté qui s'exhale des lignes.
Mes amis étonnés s'extasiaient devant
Ton corps, comme devant leur chef les serfs indignes.
Moi, je restais muet, pensif, sombre et rêvant.

Et calme, je disais ces choses en moi-même :
« Elle a le corps tout blanc comme une fleur d'avril.
« Elle est impure, elle est avilie, elle n'aime
« Qu'elle seule. Comment tout cela se fait-il ?

« Oui, comment se fait-il que le Souverain Maître,
« Auquel les imposteurs disent de se fier,
« En formant ce beau corps, ait oublié d'y mettre
« Une âme, esprit qui seul peut le vivifier ? »

Et je vous demandai (pardonnez-moi, madame,
Car ce n'était alors ni le temps, ni le lieu) :
« Charmante au corps tout nu, que pensez-vous de l'âme ?
« La belle, croirais-tu par hasard au bon Dieu ?»

LE MAUVAIS PRÈTRE

Protester contre le célibat des
prêtres, c'est, citoyens, chercher à
détruire l'hystérie catholique
(UN TRIBUN)

Cet homme se tordait sur le bord de la route ;
Il criait : « Voyez donc : je suis prêtre et je doute.
« Je n'ai plus dans le cœur qu'un immense chagrin,
« Et je suis écrasé sous le rut, comme un grain
« Sous la meule. . . . .
. . . .
. . . .
. . . .
« Maintenant mon corps vit seul, mon âme est tuée »
Il se tut, frissonnant. Une prostituée
Vint à passer, lascive, au milieu du chemin ;
Elle faisait sonner deux écus dans sa main
Et chantait en criant quelque chose d'obscène.
Moi, muet et pensif, je contemplais la scène,
Sentant bien qu'il allait se passer sous mes yeux
Quelque fait anormal, étrange et curieux.
Il la vit et courut brutalement vers elle :
« Écoute, lui dit-il, je t'aime ; tu es belle

« Et je veux posséder ton corps toute une nuit.

« D'ailleurs, j'ai soif de toi ; la séve immonde nuit

« A l'accomplissement de mon devoir austère.

« Donc, j'ai besoin de toi pour oublier la terre

« Et retourner à Dieu, mon doux maitre. — Frocard,

« Dit-elle, tu ne dois caresser du regard

« Que les choses du ciel virginal ; et ta mère,

« En naissant, t'a châtré de la joie éphémère,

« Que ressentent les forts et les jeunes. D'ailleurs

« Vous êtes tour à tour terribles ou railleurs,

» Quand vous parlez de nous du haut de votre chaire ;

« Tu me méprises trop pour que je te sois chère,

« Et je fuis ton mépris ainsi que ton amour.

« Je m'offre à tout le monde au coin d'un carrefour,

« Sauf aux prêtres ; j'ai peur d leur face pâlie

« Et leur air inquiet fait taire ma folie.

« Bonhomme, va prier ton Dieu : mais laisse-moi,

« Mes caresses feraient évanouir ta foi.

« Va donc ; suis ton chemin, car ta demande est vaine,

« Et je ne sens pour toi que dégoût et que haine.

« — Cette femme a raison, cria-t-il, j'ai péché ;

« Malheur, trois fois malheur au prêtre débauché ! »

Et sa bouche écumait ; il se roulait par terre.

Je partis en disant : « Vous êtes un bon père,

« O Mensonge Éternel, que l'on appelle Dieu,

« Et qui faites mourir vos fils à petit feu ! »

L'AMOUR NOUVEAU

> La femme naît libre et demeure
> égale à l'homme en droits.
>
> OLYMPE DE GOUGES.

à L. A. W.

LE POÈTE

Quand je tenais ton corps lascif entre mes bras,
Quand ton sein se dressait sous mes chaudes caresses,
N'étais-tu pas, dis-moi, fière de ces tendresses,
Qui nous faisaient tomber, joyeux, énervés, las?

LA FEMME

Je suis comme Tantale et jamais assouvie:
Il me faut des baisers brûlants et des reins forts.
O mon poëte aimé, d'autres que toi sont morts
Pour avoir ressenti, dans leurs grands cœurs, l'envie
De posséder au soir mon ivresse et mon corps!

LE POÈTE

Femme, je porterai ton amour en moi-même,
Ainsi que le géant qui supporta le ciel.
Je suis fort, tu le sais, ô femme; et, si tu m'aime,
Je ferai des chansons douces comme le miel.

Si ton amour renaît, et si tu veux encore
Te pâmer longuement entre mes bras nerveux.
Comme fit autrefois le doux amant de Laure.
J'enchâsserai ton nom dans un vers amoureux.

Je laisserai tomber lentement de mes lèvres
La musique charmante et la sonorité.
Mais, permets-moi de boire à ta bouche les fièvres
Et de puiser en toi toute la vérité.

Si ce n'est pas assez pour calmer ta superbe.
De te donner ma vie et mes rêves d'amant.
Je te jure de mettre à tes pieds une gerbe
Où l'on verra briller les feux du diamant.

Et tu pourras aller, fière parmi le monde ;
Riche trois fois : d'amour, de joyaux, de renom
Tu seras toute mienne; et, si quelque homme fonde
Un espoir insensé sur toi, tu diras : « Non.

« Non ; je ne livre pas à d'autre qu'au poète,
« Qui construisit un temple à mon farouche orgueil,
« Mon être où son amour tout entier se reflète
« Et je garde pour lui la douceur de mon œil. »

Et nous aurons encore, ô maîtresse, ô ma Muse,
Le droit de nous griser de l'amour pénétrant
Que tu sème. Et d'ailleurs, qu'importe que je m'use,
Que je meure, si notre hymen est fort et grand!

LA FEMME

Je suis l'Éternel Sphinx que l'on ne peut comprendre.
Tu ne vois donc en moi que la femelle? Eh bien.
Je veux être la femme et la mère, la tendre
Alliée à laquelle on ne cachera rien.

Hommes, nous vous aimions, humbles et dévouées ;
Nous tombions à genoux devant votre fierté,
Nous voulons aujourd'hui n'être plus bafouées ;
Vous désirez l'amour, donnez la Liberté.

Nous ne livrerons plus dans une nuit d'ivresses
Nos corps marmoréens pleins de virginité,
Qu'aux êtres doux et forts, dignes de nos caresses,
Qu'aux éternels lutteurs du Combat Vérité.

3

Nous n'avons pas besoin de joyaux, car nous sommes
Celles que l'Avenir puissant porte en son sein
Et qui doivent un jour être mères des hommes,
Faits pour l'achèvement du splendide Dessein

Tu peux marcher, enfant, je tracerai ta route;
Je soutiendrai ton bras timide, s'il faiblit.
Nous combattrons tous deux l'Ignorance et le Doute.
Et nous aurons alors bien droit à notre lit!

A LYDIA

Le jeune homme railleur qui frappait ta fenêtre
  Autrefois à coups redoublés,
Passe devant ton seuil, semble le méconnaître.
  Tes rêves ne sont plus troublés.

La nuit, tu n'entends plus ces mots qu'à ton oreille
  Autrefois l'amant bégaya,
En posant un baiser sur ta lèvre vermeille :
  « Lydia?... Dors-tu, Lydia? »

Tu vieilliras. — Le soir, dans une étroite rue
  Où souffle le vent furieux,
Les plus vils débauchés rougiront à ta vue ;
  Lors des pleurs empliront tes yeux.

Enfin, pleine d'amours brutales, insensées,
    Comme une jument en chaleur
Tu sentiras frémir dans tes chairs oppressées
    Et le regret et la douleur.

Tu pleureras, voyant la rieuse jeunesse
    Se couronner de myrte vert
Et de l'amour flétri léguer la lourde ivresse
    Aux pays où règne l'hiver.

ORIENTALE

à E. Favin.

Je veux faire avec art des poèmes plastiques,
Et mouler au besoin mon vers sur un sein nu.
Je suis l'amant profond et doux de l'inconnu ;
Pourtant, je vous vénère, ò beaux marbres antiques.

Je rêve de ciel bleu sur un grand Parthénon,
Temple de l'Idéal charmant, qu'un architecte
D'autrefois a posé, d'une façon correcte,
Sur les bords d'une mer dont j'ignore le nom.

Graves, muets, regard arrêté sur les vagues,
De grands sphinx au nez droit, à l'œil rond, au sein dur,
Sont devant un portique en marbre blanc très-pur,
Que les ombres du soir estompent de tons vagues.

Comme le voyageur qui trouve une oasis
Après avoir erré sous un soleil qui tue,
Mon regard va chercher au loin une statue :
C'est toi, mère des Dieux, bonne Déesse, Isis !

Tes longs doigts sont collés à tes genoux de pierre,
Tes seins pendent, gonflés du lait de la Bonté,
Que parfois tu répands sur notre Humanité;
Et tu laisses grimper à tes genoux du lierre.

Le sculpteur a placé le rêve dans tes yeux,
A ton front rayonnant la mitre égyptienne,
Qui tombe sur le cou suivant la mode ancienne,
Et sur ta lèvre mince un rictus radieux.

Dans l'enchevêtrement des colonnes sans nombre
Le soleil, amoureux encor de ta splendeur,
Se fait jour, et s'en va jusqu'à la profondeur
Des chambres éclairer la mosaïque sombre.

Et plus loin, dans la mer, des jeunes fellahs nues,
Sous l'œil fixe des sphinx lavent leurs beaux corps bruns :
Mais les flots irrités, jaloux, presque importuns,
Les troublent, tel le vent qui repousse les nues.

On voit dans leurs cheveux perler le diamant
Que l'eau forme au soleil en tombant sur des tresses.
Et l'on rêve aux pays très-chauds, où les maîtresses,
            Pour faire pâmer un amant,
N'ont que l'art enchanteur de leurs propres ivresses.

PRIÈRE

. . . .

. . . .

Charpentier, né dans une étable,
Ta pauvreté nous coûte cher !

Quand ma vieille mère fut morte,
J'allai trouver le sacristain ;
Tant pour le prêtre et pour l'escorte :
Ces gens-là parlent en latin.

On mène mon gars à confesse :
C'est pour savoir ce que je fais :
Mais je crois, sans qu'il y paraisse,
Que ces choses sont des bienfaits.

Pourtant, je suis un honnête homme,
Je n'offense jamais la loi ;
Mais les curés, qui vont à Rome,
Valent, dit-on, bien mieux que moi.

Je n'ai jamais fait mes études ;
Je voudrais trouver un trésor,
Et j'ai, je crois, des aptitudes
Pour boire mon vin dans de l'or.

LA GRANDE COLÈRE

à Pierre Giffard.

SONNET

Moi. je fais s'agiter le tourbillon des Haines
Dans le cœur généreux des Forts et des Lutteurs.
Lorsque je viens. leurs fronts se perlent de moiteurs :
Comme un vin du Midi. le sang bout dans leurs veines.

Je console l'amant mieux que les larmes vaines,
Et je fais se courber sous mon joug les rhéteurs.
Les lâches, les filous, et les méchants auteurs.
Comme épis sous l'autan dans la longueur des plaines.

3.

Cependant, quelquefois je me sens l'esprit gai ;
Et, luronne, je prends l'air d'une fille en fète
Pour mener au combat le peuple fatigué

De ses maîtres. Alors, la grande émeute est faite :
Les citoyens, brûlés par le chaud Messidor,
Boivent du petit bleu dans des calices d'or.

PLAISIRS DU DIMANCHE

Il faut sanctifier le jour
du Seigneur.
(Refrain catholique.)

à Camille Plaisant

SONNET BOURGEOIS

Le dimanche, je reste au logis, accoudé
Sur un livre de vers ou bien sur une estampe :
Et, pour chasser l'ennui qui parfois bat ma tempe,
Je fume lentement ma pipe, comme un dey.

Nonchalant et rêveur sous son turban brodé.
Subtile, la fumée au plafond glisse, rampe,
Et meurt. Puis tout à coup. j'entends frémir la rampe
De l'escalier ; car un ami dévergondé

M'emmène dans les bois de Chaville ou d'Asnières
Boire du petit bleu, manger du poisson frit.
L'on se grise et l'on fait la cour aux canotières.

Aussi, le lendemain, trouve-t-on dans son lit
Une femme couchée à côté de soi-même,
Qui vous dit doucement à l'oreille : « Je t'aime! »

DERNIÈRES VOLONTÉS

Que demande un Républicain?
C'est de mourir sans calotin.

(*La Carmagnole.*)

Oh! la mort, oh! la mort, mais sans les soins funèbres!
La lumière m'ennuie et je veux les ténèbres.
            Or, comme pour mourir,
Il faut être bien calme et s'en aller tranquille,
Il ne m'est pas besoin d'être aidé de Basile,
            Puisque je dois pourrir.
Avant que mon corps aille en sa couche dernière,
Le prêtre ne dira ni messe ni prière.
            Qu'on se bouche le nez,
Lorsque mon corbillard passera dans la rue.
Car je serai charogne, et la charogne pue.
            O fossoyeurs, tournez
La bière de sapin dans la corde noueuse
Et recouvrez mon corps de la terre boueuse,
            En chantant un refrain,
Où vous célébrerez la vie et son délire,
Comme les fossoyeurs d'*Hamlet*, à qui Shakspeare
            Fait célébrer le vin.

A RABELAIS

SONNET

Bon curé de Meudon. ò sublime moqueur,
Quand il lit les hauts faits de Panurge en ton livre,
Le bon Gaulois joyeux au gros rire se livre ;
Mais il entre, de plus, un baume dans son cœur.

Pour écrire en effet sans fiel et sans fadeur.
Sans doute, tu buvais un vin qui vous enivre,
Qui réchauffe si bien par la saison de givre
Et qui met dans la tète un peu d'esprit frondeur.

Alors, tu burinais ton éternel poème :
Panurge, Épistémon et l'abbé de Thélème
Passent devant nos yeux tout pleins de vérité.

Ton roi Gargantua, bon diable sans envie,
Gouverne tout joyeux et rempli d'équité :
Car il sait rendre douce aux travailleurs la vie.

CAMÉE

On la nomme, je crois, Margot;
Elle est blonde et pas amoureuse ;
On la dirait peinte par Greuze;
Elle parle assez bien l'argot.

Elle a, comme amant. un magot
Qui, pour la rendre plus heureuse.
Solde au mois sa vie onéreuse
Avec de l'or pur en lingot.

Ayant beaucoup de fierté d'âme.
Elle est parfois très-grande dame
Et met des robes en satin.

On la dit bien avec son nègre ;
En deux mots, c'est une catin
Qui donne dans la haute pègre,

SONNET

Les peuples sont mûrs pour la Raison.
                A. Chaumette.)

Jadis, contre l'Homme botté,
Arndt, plein de fiel et de colère,
Fit un poème populaire
Qui ne manque pas de beauté.

On vit l'Allemand garrotté
Se dressant, déclarer la guerre
Sainte au despote qui naguère
Le ployait sous sa cruauté.

Nous, pour venger notre patrie,
Que les Allemands ont meurtrie,
Nous, les hommes à passions,

Nous ferons, empereur Guillaume,
Crouler ton empire et royaume
Avec nos Révolutions.

Janvier 1871.

LE PEUPLE

Un matin, il naquit sur un grabat de paille,
Dans quelque antre fétide, au coin d'un vieux palais
Où les grands, jour et nuit, faisaient forte ripaille,
    Environnés de leurs laquais.

Et, quand il eut poussé comme une fleur sauvage,
Le maître, en lui mettant un outil dans la main,
Dit : « Je suis le Pouvoir : tu n'es que l'Esclavage :
    « Travaille pour moi, dès demain.

« Tu devras atteler mes bœufs à la charrue,
« Et creuser des sillons dans la terre, pour moi ;
« Il te faut commencer quand l'aube est apparue ;
    « Obéis, car telle est ma loi.

« Lorsque je m'ennuirai, tu prêteras ta femme
« A mes sens énervés qui veulent du nouveau ;
« Je ferai de ta fille une gadoue infâme.
    « Sois le bœuf, je suis le taureau !

« Tu quitteras les champs quand le froment ou l'orge
« Auront été semés ; puis, il faudra scier
« L'arbre dans la forêt, travailler à la forge,
        « Y faire des armes d'acier.

« Or, quand seront polis les sabres et la lance,
« Tu laisseras, ô serf, tes hardes d'ouvrier.
« Je daignerai sortir de ma noble indolence,
        « Et toi, tu deviendras guerrier.

« Et je t'emmènerai sur les champs de bataille ;
« Pour me faire un renom tu verseras ton sang,
« Tu mourras oublié ; ma superbe et ma taille
        « Tous les jours iront grandissant. »

Ainsi parlait le Maître à l'Esclave farouche
Qui courbait vers le sol, servile et sans fierté,
Son front ; mais, un matin, l'on entendit sa bouche
        Hurler l'hymne de Liberté.

Et fauve, il se dressa devant la tyrannie.
Sur l'oppresseur altier bondit comme un lion.
Rassasia ses yeux de rois à l'agonie,
        Heureux de sa rébellion.

Quand il eut fait cela, contemplant sa déesse.
Il resta fier. Alors, de vils escamoteurs
Prirent la Liberté qui devint la drôlesse
        Vendue aux soldats, aux rhéteurs.

Trahis, trompés, muets, les vaillants de la plèbe,
Penchent leurs fronts jaunis sur le profond travail.
Vaincus audacieux attachés à la glèbe,
    Ils vont comme un morne bétail.

Ils vont vers les sommets où règne la pensée ;
Ils vont dans le chemin qui conduit au Progrès
Et pour t'atteindre, il n'est, Chimère caressée.
    Ni défaillances, ni regrets.

L'HOPITAL

à P. G.

Puisque tu n'es pas riche et que la Mort se paie
    Dans notre temps brutal,
Si tu souffres un jour d'une incurable plaie,
    Va, pauvre, à l'hôpital.
Le plus grand de Paris est au bord de la Seine ;
    On le nomme Hôtel-Dieu.
Il sort de ce cloaque une vapeur malsaine
    Comme d'un mauvais lieu ;
Cet endroit de géhenne est sombre. La muraille
    Se couvre de tons gris,
Et l'on voit croître, aux joints de ses pierres de taille,
    Les lichens rabougris.
Comme dans les prisons, les fenêtres sont closes
    De lourds barreaux de fer,
Qui laissent s'infiltrer, mais à légères doses,
    Le grand soleil et l'air.
Au dedans, les dortoirs se prolongent par files
    De lits à rideaux blancs,
Où dorment des fiévreux ; quelques-uns sont tranquilles,
    Les autres tout tremblants.
L'amputé qui se plaint, le moribond qui râle
    Et geint comme un soufflet,

Font tout le bruit, tandis que la sœur marche, pâle,
    Et dit son chapelet.
Sur ces lits d'hôpital, ont fini des poètes
    Et des audacieux,
Qui, grandis aujourd'hui par leurs propres défaites,
    Sont devenus des dieux.
Là, malgré les opiats et malgré la tisane,
    La phthisie a tué
Sans crainte, sans pudeur, plus d'une courtisane,
    Beau corps prostitué.
Cependant le poète et la fille perdue
    Dorment dans leur cercueil,
Et l'on refuse au pauvre une chose bien due
    A son chétif orgueil.
Oui, quand tu crèveras, malheureux prolétaire,
    Brute dure au travail,
Ton cadavre n'ira pas pourrir dans la terre
    Avec l'humain bétail.
Mais l'on t'allongera sur la table de marbre ;
    Alors des carabins
Découperont tes chairs comme l'on scie un arbre.
    Ils fouilleront tes reins,
Arracheront tes nerfs, jetteront ta cervelle
    Dans le baquet fangeux,
Et diront en riant, quelque chanson nouvelle
    Que rima l'un d'entre eux.

SALTIMBANQUE

à Jean Richepin.

Au lieu de courber sur un noir pupitre
Mon front de vingt ans plein d'ambition,
Je vais aujourd'hui m'habiller en pitre :
Car je veux changer de condition.

J'irai demeurer sous des toiles peintes,
Avec des géants et des baladins.
Vivent les espoirs, les chocs et les craintes,
Le grand imprévu, les bonheurs soudains!

Je voyagerai sans souci ni cure
D'avoir un repas, un gîte, du feu :
J'irai me percher tantôt à la cure,
Et tantôt aussi dans un mauvais lieu.

Mes amis seront les êtres difformes
Que l'on montre aux sots moyennant deux sous :
Mon cœur sentira des douceurs énormes
Dans l'intimité des grands sapajous.

Je me vois déjà roide sur les planches,
Narguant mon public dans des propos crus,
Et faisant rougir, sous leurs coiffes blanches,
Gothon et Margot, candides Vénus !

« Pourquoi tout cela ? Quel tapage ! Qu'est-ce ?
« Que veut ce gaillard qui dresse le dos
« Et fait plus de bruit que sa grosse caisse ? »
Diront, effarés, les simples badauds.

Je crirai : « Bourgeois, manants de la ville,
« Aveugles, boiteux, sourds, manchots, noyés,
« Classe militaire et classe civile,
« Huguenots, chrétiens, circoncis, oyez :

« C'est sur la Grand'Place, auprès de l'Église,
« Que vient d'arriver Monsieur Franconi.
« Nous jouons ce soir ; et, qu'on se le dise !
« Londres, Carpentras, Florence, Chauny

« Nous ont décerné bouquets et médailles
« Suivez leur exemple et venez ce soir,
« Nobles, roturiers, grinches et canailles !
« Les dames pourront à mes pieds s'asseoir ! »

Oh ! l'heureux métier ! rire de la foule,
Se moquer des sots, débiter à tous
Des sornettes sans crainte qu'on vous roule,
Est-il par hasard un état plus doux ?

Quel rêve superbe! être saltimbanque,
S'en aller joyeux, courir par les champs,
Laisser aux richards leurs billets de banque,
Vivre de pain bis, d'amour et de chants?

A force de rire, il se pourra faire
Que je me romprai la tète et le cou ;
Mais l'on inscrira sur ma pauvre bière
De sapin : « Ci-gît un bienheureux fou! »

UN AUTRE

Je suis centre gauche et
partisan de la pondération
des pouvoirs.

(UN LECTEUR DES *Débats*)

Il est gras, il est lourd ; mais il fait de l'esprit.
Il est très-partisan de son énorme ventre ;
Avec ceux de la Droite il se montre contrit ;
Il caresse la Gauche, et vote avec le Centre.

A la tribune, il prend des poses d'avocat ;
En parlant, il se sert d'expressions de cuistre,
Et devant les mots crus il fait le délicat.
Il a dans ses habits l'étoffe d'un ministre.

Il est considéré par Jean, Claude et Mathieu :
C'est un homme de poids ; il fréquente la cure
Et l'Évêché. D'ailleurs, il est aimé de Dieu ;
Mais de nous, pauvres gens, il n'a souci ni cure.

Il a pour *la canaille* un saint et bon mépris :
Il appelle Paris une ville anarchiste,
Incendiaire. Aussi veut-il hausser le prix
De l'huile de pétrole et de l'huile de schiste.

Il fait très-peu de cas du droit de l'écrivain.
Après un déjeuner arrosé de bourgogne,
Il a voté, dit-on, les taxes sur le vin
Et la loi qui punit sévèrement l'ivrogne.

En protégeant l'Église et la Société,
Il se fera bientôt vingt mille écus de rente.
Il mettra sur sa carte : « X, ancien député»;
Puis finira tranquille une vie innocente.

LES LITS

à mon ami Albert Pinard.

I

Je suis celui qui pense aux douceurs de l'Avril.
Quand l'hiver poudre à blanc les arbres. Le grésil
M'effraie; et je demeure. aimant fort la paresse,
Allongé dans mon lit. quand la bise caresse
Les mollets très-frileux du passant matinal.
Je me garde surtout de lire le journal,
Comme font les bourgeois qui n'ont d'autre ressource
Que de se voir voler l'un et l'autre à la Bourse.
Et. d'un autre côté. qu'est-ce que ça me fait
Que *Monsieur Duresnel* soit nommé sous-préfet?
Il vaut bien mieux dormir ainsi qu'une marmotte
Que lire du français indigne de la hotte
Du chiffonnier. D'ailleurs. c'est excellent, un lit!
C'est si bon. que le vin. le vin même, pâlit
Devant un matelas orné de couvertures.
Tenez : l'on me ferait. je crois. des ouvertures
Pour être commerçant. financier. substitut :
L'on voudrait me nommer membre de l'Institut.
Que je refuserais. si. par un temps de neige.
Il me fallait courir pour occuper mon siége.

Et quitter les douceurs chaudes de mon repos.
Du reste un très-bon lit rend l'homme plus dispos;
Quand on a bien dormi, vers la cime étoilée
L'imagination prend si haut sa volée
Que l'esprit tout à coup se fait clair et subtil,
Et qu'on pense un peu mieux aux douceurs de l'Avril.

II

J'aime l'intérieur simple des paysans,
Le dressoir en noyer plein de vaisselle peinte,
La table sur laquelle on a mis une pinte
De cidre ou de vin frais qui date de deux ans.

A côté d'un portrait naïf de vieux parents,
Au mur, est accroché le plâtre d'une sainte
Qui protége la ferme, et dont la tête est ceinte
D'une couronne en fleurs aux tons fort apparents.

Épinal a mis là ses candides images.
Le portrait d'un héros, la prière des Mages,
Complètent l'ornement qu'on eut à peu de frais.

Et le soleil y vient, ne laissant qu'un coin sombre
Où repose un enfant souriant, rose et frais,
Près duquel une femme est assise dans l'ombre.

III

Les madras de couleur vont bien aux têtes chauves ;
C'est surtout quand le jour a fait place à la nuit
Que j'aime voir, blottis dans le fond des alcôves,
Étincelants de tons, mais calmes et sans bruit.
Les madras de couleur sur des têtes bien chauves.

Prudhomme est dans son lit comme dans un écrin ;
Un mouchoir éclatant, bigarré, fantastique,
Couvre son chef posé sur l'oreiller de crin.
Comme on met sous la serre une fleur exotique
Prudhomme est dans son lit comme dans un écrin.

L'épouse auprès de lui repose pure et chaste.
Ces deux individus lancent un ronflement.
Or, celui de la dame est très-ample, très-vaste.
Plus calme le mari ronfle plus lentement.
L'épouse auprès de lui repose pure et chaste.

Voilà tout ce qu'ils font dans un grand lit à deux !
Combien d'autres bourgeois, tapis dans leurs demeures,
Êtres pansus, poussifs, chauves et galvaudeux,
Vont dormir tous les soirs, à peu près vers dix heures,
Et ne font que cela dans un grand lit à deux !

4.

IV

De tes lèvres un spasme est sorti comme un râle ;
Tu te mis à bondir et tu grinças des dents
Sur ta couche d'ébène, ô courtisane pâle
Qui portes à ton cou le saphir et l'opale.
Tes sanglots étaient feints, tes spasmes impudents !

Et pourtant, chaque soir, c'est même comédie !
Car tu ne ressens rien dans ton inerte chair,
Et l'amour que chacun vient quêter et mendie,
Dont tu n'as que le plâtre et que la parodie,
Tu le vends à celui qui paîra le plus cher.

Pour me rassasier de ta lâche imposture,
Je restai l'œil ouvert et vis comme était laid
Le corps prostitué sur une couche impure ;
Puis, vers le petit jour, soûlé par ta luxure,
Je partis pour ne pas te donner un soufflet.

V

Maudite soit la nuit où sur ce dur grabat,
Tremblante de désirs, d'amour inassouvie.
Ma mère m'a donné la naissance, la vie,
    Et la misère qui m'abat !

Et maudite la nuit, où sur ce lit infâme.
Sentant bouillir la séve en mon robuste flanc.
J'ai moi-même, à mon tour, oppressé par le sang,
    Rendu mère une pâle femme !

Maudites soient les nuits longues et sans sommeil
Où l'on te sent venir, dans le cœur, sombre haine.
Où le travailleur pense à la pesante chaîne
    Qu'il reprend au matin vermeil !

Bienheureuse la nuit, la nuit sainte et dernière
Où la mort, s'approchant de mon lit d'hôpital,
Posera sur mon front un doigt maigre et brutal.
    Et viendra clore ma paupière.

TABLE

—